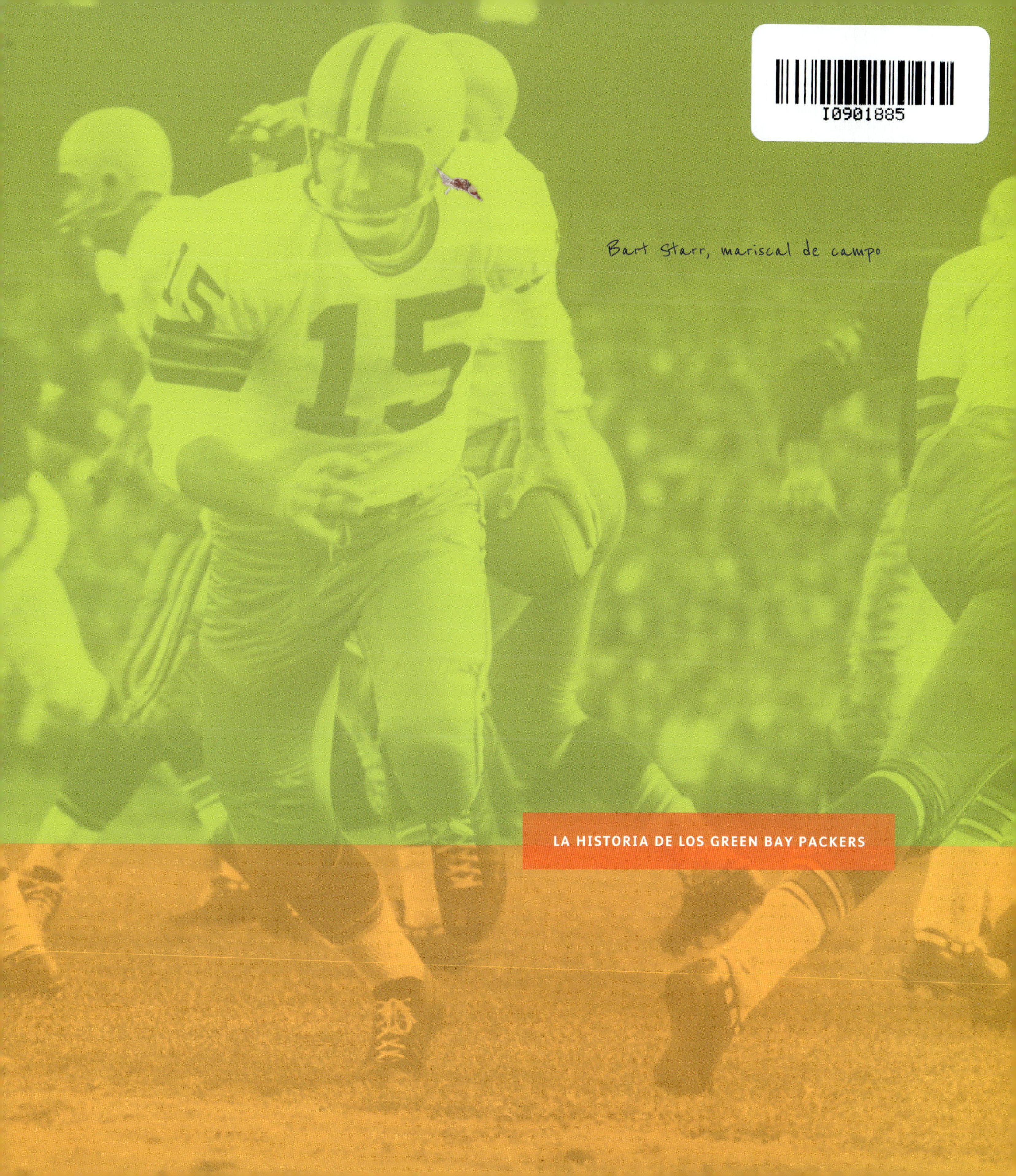

Bart Starr, mariscal de campo

LA HISTORIA DE LOS GREEN BAY PACKERS

Kenny Clark, liniero defensivo

LA NFL HOY EN DÍA

LA HISTORIA DE LOS

GREEN BAY PACKERS

JIM WHITING

CREATIVE SPORTS

Clay Matthews, apoyador

CREATIVE EDUCATION / CREATIVE PAPERBACKS

Publicado por Creative Education y Creative Paperbacks
P.O. Box 227, Mankato, Minnesota 56002
Creative Education y Creative Paperbacks son marcas editoriales de The Creative Company
www.thecreativecompany.us

Dirección de arte por Tom Morgan (www.bluedes.com)
Art direction by Rita Marshall

Fotografías por Alamy (Cal Sport Media), AP, Getty (Al Messerschmidt, Andy Hayt, Bettmann, Elsa, Focus on Sport, James Flores, Jeff Gross, Lee Balterman, Patrick McDermott, Pictorial Parade, Pro Football Hall of Fame, Quinn Harris, Robert Riger, Ronald C. Modra/Sports Imagery, Stacy Revere, Stephen Dunn, Streeter Lecka, Tom Dahlin), Newscom (Louis Lopez, Robin Alam/Icon Sportswire), NFL (Darryl Norenberg, James Flores, Pro Football Hall of Fame, Vernon Biever)

Library of Congress Cataloging-in-Publication Data
Names: Whiting, Jim, 1943- author.
Title: La historia de los Green Bay Packers / by Jim Whiting.
Other titles: Story of the Green Bay Packers. Spanish
Description: Mankato, Minnesota : Creative Education, Creative Paperbacks, [2025] | Series: Creative sports: la NFL hoy en día | Includes index. | Audience: Ages 8-12 | Audience: Grades 4-6 | Summary: "Translated into North American Spanish, middle grade football fans are introduced to the extraordinary history of the NFL's Green Bay Packers with a photo-laden narrative of their greatest successes and losses"-- Provided by publisher.
Identifiers: LCCN 2023044084 (print) | LCCN 2023044085 (ebook) | ISBN 9798889891529 (library binding) | ISBN 9781682775455 (paperback) | ISBN 9798889891604 (ebook)
Subjects: LCSH: Green Bay Packers (Football team)--History--Juvenile literature.
Classification: LCC GV956.G7 W5518 2025 (print) | LCC GV956.G7 (ebook) | DDC 796.332/640977561--dc23/eng/20231027
LC record available at https://lccn.loc.gov/2023044084
LC ebook record available at https://lccn.loc.gov/2023044085

Impreso en China

James Jones, receptor

80
27
GU
NELSON
87
12

CONTENIDO

Aventuras en el hielo 8

Pueblo pequeño, equipo grande. 13

Lombardi ayuda a Lambeau 17

Favre se convierte en el favorito de los aficionados . 21

El barrio del señor Rodgers 23

Índice 32

LOS GRANDES DEL FÚTBOL AMERICANO

Vuelve a jugar, Jerry 10

Llamada controversial. 15

Don, el aprendiz de todo. 16

Encontrando su nicho 20

Una racha de éxitos de hierro. 27

Vale cada centavo. 29

AVENTURAS EN EL HIELO

El 31 de diciembre de 1967, Green Bay, Wisconsin, estaba envuelto en el frío más extremo del que se tuviera memoria. Durante el partido, la temperatura era de -15° Fahrenheit (-26° Celsius). La sensación térmica por el viento era de -48° F (-44° C). Y sin embargo, más de 50.000 aficionados de los anfitriones Packers vistieron su ropa más abrigadora para ver a su equipo derrotar a los Dallas Cowboys en el partido de Campeonato de la National Football League (NFL). El ganador jugaría contra el ganador de la American Football League (AFL) en el Super Bowl II (2).

El campo era una hoja de hielo. El árbitro Norm Schachter hizo sonar el silbato para iniciar el partido. Se le pegó a los labios. Los directivos tuvieron que usar comandos de voz durante el resto del partido. A la mitad del primer cuarto, el mariscal de campo de los Packers, Bart Starr, lanzó un pase al receptor Boyd Dowler para anotar un touchdown de ocho yardas. A principios del segundo cuarto, Dowler anotó de nuevo, en un pase de 46 yardas de Starr. Dallas no se doblegó. Se aprovecharon de un par de pérdidas de balón por parte de los Packers para cerrar dentro del 14–10 en el medio tiempo.

Bart Starr, mariscal de campo

JERRY KRAMER
GUARDIA OFENSIVO
TEMPORADAS DE LOS PACKERS: 1958–68
ALTURA: 6 PIES Y 3 PULGADAS (1,90 M)
PESO: 245 LIBRAS (111 KG)

VUELVE A JUGAR, JERRY

Como novato, Jerry Kramer se convirtió en un iniciador al instante, con los Packers. Fue nombrado Primer Equipo All-Pro cinco veces. Destacaba especialmente por su parte clave en la "Packers Sweep" (barrida de los Packers). Kramer y el otro guardia se salían y dirigían al portador del balón por la lateral, aplastando a la defensa que se interpusiera. Esto fue parte importante del éxito de los Packers en la década de 1960. Los bloqueos contundentes no eran el único talento de Kramer. Poco tiempo después del "Ice Bowl", él escribió el libro *Instant Replay*. Trata sobre el equipo de los Packers en 1967. Está considerado uno de los mejores libros sobre deportes jamás publicado. En 1985, él escribió la continuación. Se llama *Distant Replay*. Es la historia de la reunión de los miembros de los primeros dos equipos ganadores del Super Bowl, casi dos décadas después.

Aficionados en el Campeonato 1967 de la NFL

Para consternación de los seguidores de los Packers, Dallas se puso a la delantera con 17–14 en la primer jugada del cuarto cuarto, con un pase de 50 yardas. Entonces, cuando quedaban menos de cinco minutos de partido, Green Bay tenía el balón en su 32, después de una patada de despeje. Avanzaron campo abajo. Cuando quedaban 30 segundos, los Packers tuvieron un primer intento sobre la línea de una yarda de Dallas. Pero en dos jugadas sucesivas, el corredor Donny Anderson fue detenido cerca de la línea de gol. Green Bay pidió tiempo fuera después de cada una, para conservar tanto tiempo del reloj como fuera posible.

Ahora solo quedaban 16 segundos. Los Packers ya no tenían tiempos fuera. El centro Ken Bowman le disparó el balón a Starr. Bowman y el guardia derecho Jerry Kramer hicieron equipo contra el sobresaliente tacleador de Dallas, Jethro Pugh. Lo empujaron lejos del balón. Eso le dio a Starr el suficiente espacio para sumergirse en la zona de anotación. ¡Los Packers ganaron, 21–17! En Green Bay, esta jugada se conoce como "The Block" (el bloqueo).

"Antes de eso, ganamos dos campeonatos consecutivos, y lograrlo en condiciones tan brutales y de esa manera, desde nuestra perspectiva, pensamos que fue el mejor partido de todos los tiempos", recordó Starr. "Fue un partido que requirió de valor", agregó el tacleador defensivo de los Packers, Henry Jordan. "Otros equipos se hubieran dado por vencidos en ese frío. Nosotros no lo hicimos".

El partido recibió el apodo de "Ice Bowl" (partido de hielo). Se considera uno de los mejores partidos en la historia de la NFL. En total participaron 18 futuros miembros del Salón de la Fama. Diez eran del Green Bay. Ocho eran del Dallas.

PUEBLO PEQUEÑO, EQUIPO GRANDE

Green Bay ha estado familiarizado con el fútbol de campeonato desde la fundación del equipo en 1919, a través de un jugador local llamado Earl "Curly" Lambeau. Él trabajó para la Indian Packing Company. Convenció a los propietarios para que dieran al equipo $500 para equipamiento. Al principio, el equipo se llamó los Indians. El nombre pronto cambió a los Packers. Se enfrentaron a equipos cercanos en una liga informal y lograron una marca combinada de 19–2–1 en sus primeras dos temporadas.

En 1921, los Packers se unieron a la Asociación Americana de Fútbol Profesional (APFA). En 1922, se convirtió en la NFL. Green Bay logró 3–2–1 y 4–3–3 en esas temporadas. Lambeau era un líder inteligente y disciplinado. "Curly siempre estuvo adelantado a su época", observó el corredor estrella Johnny "Blood" McNally. "Siempre estaba pensando en formas de tener una ventaja". Lambeau tuvo suficiente ventaja y ganó un total de 212 partidos con los Packers. Ganó 17 más con otros equipos. El total de 229 victorias lo clasifica como el sexto en la lista de entrenadores de la NFL de todos los tiempos.

Pero los Packers necesitaban ayuda económica. El único ingreso solía provenir de pasar el sombrero durante los partidos locales. Lambeau convenció a un grupo de hombres de negocios locales para que compraran el equipo. Ellos formaron la

Earl "Curly" Lambeau, corredor

Green Bay Football Corporation. Este tipo de propiedad única continúa hasta nuestros días.

Los Packers siguieron logrando anotaciones ganadoras. Pero no ganaron el campeonato de la liga. En esa época, no había eliminatorias.

Vince Lombardi

En 1929, Lambeau llevó a los Packers a un récord de 12–0–1. Ganaron su primer campeonato de la NFL. Green Bay también ganó títulos de la NFL los siguientes dos años. En 1933, los Packers soportaron su primer temporada de derrotas.

Dos años más tarde, Lambeau contrató al lateral Don Hutson. Diestro y veloz, Hutson se convirtió en uno de los más grandes receptores en la historia de la liga. En 1936, se convirtió en el receptor más joven en la historia de la NFL en liderar la liga, tanto en recepciones como en yardas de recepción durante una sola temporada. Tenía solo 23 años. Esa marca no la rompieron sino hasta 2022. Justin Jefferson del Minnesota era 123 días más joven que Hutson. Hutson ayudó a impulsar a los Packers a campeonatos en 1936, 1939 y 1944. Para entonces, la NFL había empezado un sistema de eliminatorias. Los dos ganadores de la división se enfrentarían por el título.

Pronto, los Packers cayeron en tiempos difíciles. Entre 1948 y 1958, con excepción del 6–6 en 1952 y 1955, los Packers tuvieron temporadas de derrotas. En 1958, los antes orgullosos Packers tocaron fondo. Ganaron solo un partido. Es el peor récord de su historia.

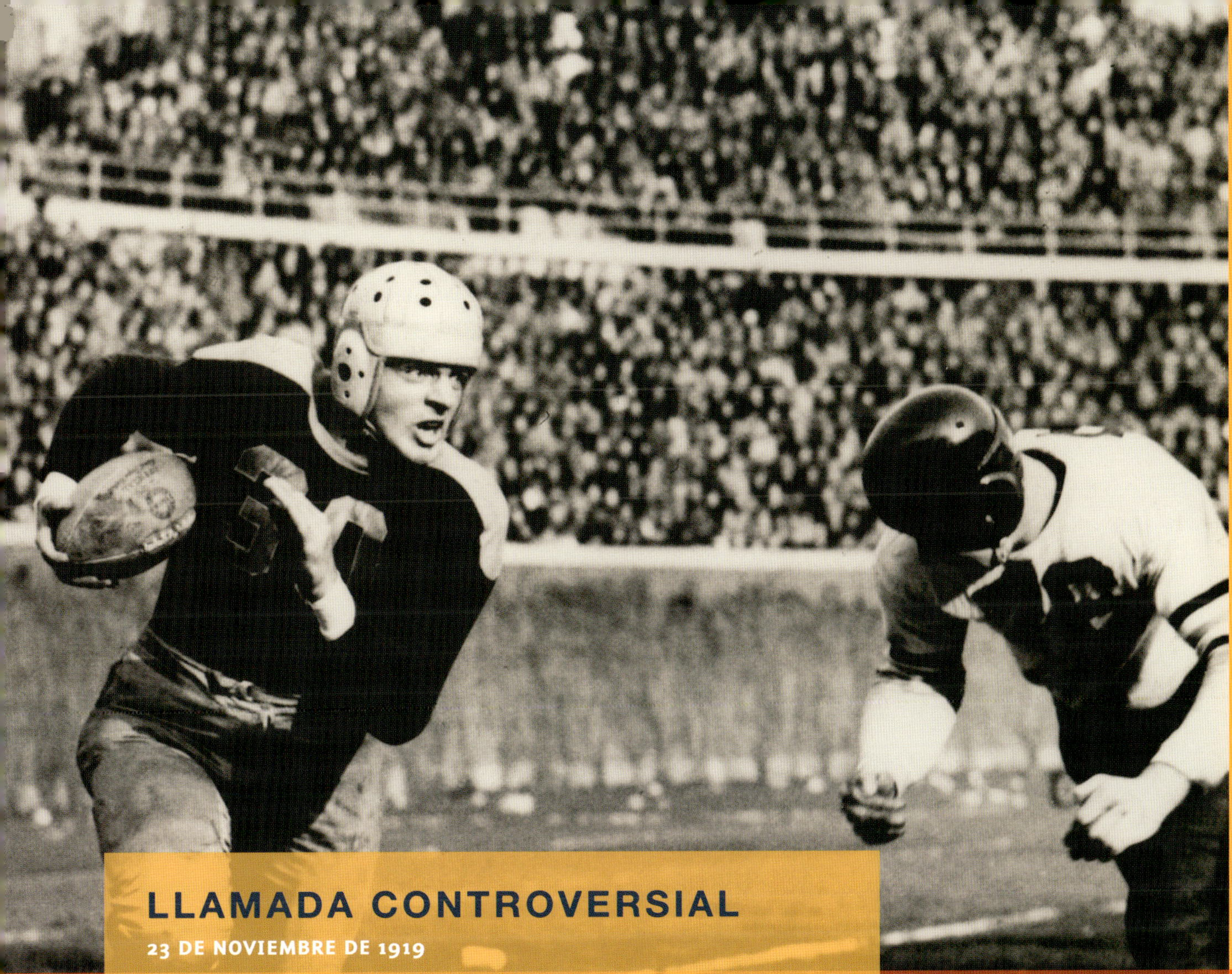

LLAMADA CONTROVERSIAL

23 DE NOVIEMBRE DE 1919

Los Packers ganaron sus primeros 10 juegos en 1919. Anotaron 565 puntos. Sumaron 87 en un partido y 85 en otro. Solo renunciaron a un touchdown. Pero las cosas cambiaron cuando los Packers viajaron a Beloit. El equipo de Beloit tenía una sola derrota. En el cuarto cuarto, iban ganando 6–0. Cuando el tiempo estaba por terminarse, Green Bay avanzó hacia la línea de cinco yardas de Beloit. Los Packers anotaron un touchdown. El árbitro local lo rechazó. Dijo que los Packers estuvieron fuera de juego. Green Bay lo intentó otra vez. Sucedió lo mismo. Beloit ganó 6–0. Los aficionados de los Packers, enojados, casi arman un alboroto. Green Bay rió al último. La última temporada registrada del Beloit es 1921. Los Packers, por el contrario, han ganado más juegos que ningún otro equipo de la NFL.

DON HUTSON
ALA, ESQUINERO, ALA DEFENSIVA, PATEADOR
TEMPORADAS DE LOS PACKERS: 1935–45
ALTURA: 6 PIES Y 1 PULGADA (1,85 M)
PESO: 185 LIBRAS (84 KG)

DON, EL APRENDIZ DE TODO

Don Hutson fue uno de los jugadores más versátiles en atarse los zapatos. Él atrapó pases en la ofensiva como receptor. Estableció muchos récords de recepción en su carrera. Algunos de ellos siguen vigentes. Él es el único jugador que ha liderado la liga por puntaje durante cinco años consecutivos. Guardó lo mejor para la última temporada. En un partido contra los Detroit Lions, Hutson, anotó sorprendentes 29 puntos, ¡en un solo cuarto! También interceptó pases como esquinero. Como ala defensiva, realizó tacleadas. También pateó puntos extra. Hutson era un trabajador incesante. "Por cada pase que atrapé en un partido, atrapé mil en las prácticas", dijo una vez Hutson.

LOMBARDI AYUDA A LAMBEAU

Los Packers estaban desesperados por mejorar. Contrataron a Vince Lombardi. Era un entrenador asistente poco conocido de los New York Giants. Lombardi dejó en claro que las cosas estaban a punto de cambiar. "Caballeros, nunca he sido parte de un equipo perdedor", anunció, "y no creo que voy a empezar ahora".

El equipo ya contaba con un núcleo de jóvenes jugadores talentosos. El corredor Paul Hornung, el corredor de poder Jim Taylor, el mariscal de campo Bart Starr, el apoyador Ray Nitschke, el tacleador ofensivo Forrest Gregg y los esquineros Willie Wood y Herb Adderley quedarían consagrados en el Salón de la Fama del Fútbol Profesional. Lombardi hizo aflorar la grandeza que había en ellos.

Los Packers mejoraron hasta un récord de 7–5 en 1959. Lombardi fue nombrado Entrenador del Año de la NFL. El año siguiente, Green Bay ganó la División Oeste de la Conferencia. Se enfrentaron a los Philadelphia Eagles para el campeonato de la NFL. Cuando iban perdiendo 17–13 hacia finales del partido, Green Bay avanzó hacia la línea de nueve yardas de los Eagles. Pero el tiempo se acabó.

El siguiente año, los Packers regresaron con fuerza al partido del campeonato de la NFL. Les ganaron a los New York Giants. Green Bay anotó 24 puntos en el segundo cuarto. Logró con facilidad la victoria por 37–0.

Los "Pack" dominaron la temporada 1962. Tan solo perdieron un partido. Limitaron a sus contrincantes a siete puntos o menos en siete ocasiones. En el partido del campeonato, los Packers nuevamente derribaron a los Giants. Era su octavo campeonato de la NFL. Los aficionados de los Packers le pusieron un nuevo apodo a su comunidad: "Titletown, U.S.A." (el pueblo de los títulos, EE. UU.)

Lambeau falleció antes de la temporada 1965. El estadio cambió de nombre a Lambeau Field, en honor a él. Con el lanzamiento del balón por parte de Starr al receptor Carroll Dale y el pase a Hornung y Taylor, los Packers aseguraron un campeonato más de la NFL. Derrotaron a los Cleveland Browns, 23–12.

Antes de la temporada de 1966, la NFL y su rival, la AFL, estuvieron de acuerdo en jugar un partido de campeonato conjunto. Llegó a conocerse como el Super Bowl. Los Packers capturaron el título de la NFL. Se enfrentaron al campeón de la AFL, los Kansas City Chiefs, en el Super Bowl I (1). Starr lanzó dos pases de touchdown al receptor Max McGee. Green Bay azotó a los Chiefs, 35–10.

En 1967, los Packers ganaron otro título de la NFL en el "Ice Bowl" (partido de hielo). Dos semanas más tarde, golpearon a los Oakland Raiders en el Super Bowl II, 33–14. Esta victoria marcó la segunda vez que los Packers ganaron tres campeonatos seguidos. Ninguna otra franquicia lo ha hecho ni una sola vez. También fue el último partido de Lombardi como entrenador de los Green Bay. después de nueve temporadas, estaba exhausto.

El legado de Lombardi sigue vivo en el Super Bowl. Al equipo ganador le toca levantar el Trofeo Lombardi.

Jim Taylor, corredor

ENCONTRANDO SU NICHO

Paul Hornung jugó como mariscal de campo para Notre Dame, en 1956. Esa temporada, el equipo ganó solo dos partidos. Hornung se convirtió en el único jugador de un partido perdedor en ganar el Trofeo Heisman. Los Packers lo eligieron como principal seleccionado general en el Draft de la NFL 1957. Hornung no estuvo a la altura de las expectativas. Eso cambió cuando Vince Lombardi se volvió entrenador, dos años más tarde. Él cambió a Hornung a corredor. Él estaba en el mismo cuadro ofensivo que el feroz corredor de poder Jim Taylor. Era la combinación perfecta. En 1961, Hornung fue nombrado El jugador más valioso de la liga (Most Valuable Player, MVP). Está consagrado en el Salón de la Fama del Fútbol Profesional. “Paul Hornung es el más grande jugador que yo haya entrenado jamás”, dijo Lombardi.

PAUL HORNUNG
CORREDOR/MARISCAL DE CAMPO/ CORREDOR DE PODER
TEMPORADAS DE LOS PACKERS: 1957–66
ALTURA: 6 PIES Y 2 PULGADAS (1,88 M)
PESO: 215 LIBRAS (97 KG)

FAVRE SE CONVIERTE EN EL FAVORITO DE LOS AFICIONADOS

Sin Lombardi, los Packers tuvieron un récord de derrotas en 1968. La dinastía de los Packers había terminado. Era difícil alcanzar una victoria. De 1969 a 1991, los Packers lograron solo cinco temporadas de victorias. Buscando renacer, los Packers contrataron a Mike Holmgren en 1992. "Mike era un ganador y su actitud se nos pegó inmediatamente", afirmó el receptor Sterling Sharpe. "Nos dijo que podíamos ser buenos y reconstruir nuestro orgullo".

Holmgren puso los ojos en el joven mariscal de campo Brett Favre para reconstruir ese orgullo. Favre tenía un brazo fuerte y el don de crear grandes jugadas de la nada. En 1992, los Packers lograron, con dificultades, el 3–6. Luego, ensartaron seis victorias seguidas. Pero una derrota ante los Minnesota Vikings en el último partido les dejó fuera de las eliminatorias.

Otro elemento clave en el renacimiento de los Packers fue el ala defensiva Reggie White. Él llegó antes de la temporada 1993. White era ampliamente reconocido como el mejor liniero defensivo de la liga.

Favre y White llevaron a los Green Bay a las eliminatorias en 1993, 1994 y 1995. Cada una de las veces, perdieron frente a su antiguo rival: los Dallas Cowboys. Pero en 1996, nadie podía negar a los Pack. Los Packers terminaron con una marca de 13 victorias, el mejor empate de la franquicia. Los Green Bay se enfrentaron a los New England Patriots en el Super Bowl XXXI (31). Una crucial devolución del saque de 99 yardas para un touchdown por parte de Desmond Howard selló la victoria, 35–21.

La siguiente temporada, Favre fue el jugador más valioso de la NFL, por tercer año consecutivo. Los Green Bay regresaron al Super Bowl. Los Packers estaban

53
4

muy favorecidos para ganar. Pero perdieron, 31–24, ante los Denver Broncos en un touchdown tardío. Holmgren dejaría el equipo después de la temporada de 1998.

En 2001 y 2002, Green Bay logró récords de 12–4, pero perdió en las eliminatorias. En 2003, los Packers terminaron 10–6. Estaban en la cima de la División Norte de la National Football Conference (NFC). El partido de comodines de las eliminatorias acabó en una gran victoria contra los Seattle Seahawks. El esquinero de los Packers, Al Harris, devolvió una intercepción 52 yardas logrando el puntaje de la victoria en tiempo extra. Pero la siguiente semana, los Green Bay perdieron frente a los Eagles.

En 2004, Green Bay logró regresar a su división. Pero el final de las eliminatorias fue amargo. Los rivales Minnesota Vikings vencieron a los Packers en el partido de comodines, en Lambeau Field, 31–17. Los Packers cayeron a 4–12 en 2005.

En 2006, Green Bay contrató a Mike McCarthy como entrenador. Él infundió nueva vida al equipo. Con 38 años, Favre llevó al equipo a un récord sorprendente de 13–3 en 2007. Los Packers inauguraron las eliminatorias en la ronda divisional con una victoria de 42–20 frente a los Seahawks. Luego, los Giants fueron al estadio Lambeau para el partido de Campeonato de la NFC. Favre lanzó una intercepción en tiempo extra. Esto llevó a un gol de campo con el que los Giants ganaron el partido.

EL BARRIO DEL SEÑOR RODGERS

Justo antes de la temporada 2008, los Packers intercambiaron a Favre. Él es uno de solo cuatro mariscales de campo que derrotaron a los 32 equipos de la NFL en su carrera. Lo sustituyó Aaron Rodgers. Rodgers demostró una intensidad similar a la de Favre como centro. Pero los Packers ganaron solo seis partidos esa temporada.

Brett Favre, mariscal de campo

El récord de 11–5 de los Packers en 2009 los regresó a las eliminatorias. Perdieron un desempate por penales en tiempo extra en la ronda de comodines frente a los Arizona Cardinals, 51–45. Es el partido de eliminatorias con más alto puntaje de la NFL. En 2010, Green Bay regresó a la postemporada. Los Packers ganaron sus tres partidos de eliminatorias en el camino. Pasaron al Super Bowl XLV (45). Rodgers lanzó tres pases de touchdown. Los Packers derrotaron a los Pittsburgh Steelers, 31–25. Green Bay era el sexto equipo de la ronda de comodines en ganar el gran partido.

Devolver el Trofeo Lombardi a Titletown sacó lo mejor de los Packers en 2011. Terminaron 15–1. Es la mejor temporada en la historia del equipo. Rodgers lanzó para 45 touchdowns y solo 6 intercepciones. Ganó su primer premio El jugador más valioso de la NFL. Pero en la ronda divisional, los Giants aplastaron la esperanza de Green Bay de repetir un Super Bowl.

Green Bay empezó con fuerza en 2013. Pero a la mitad de la temporada, Rodgers se rompió la clavícula. Los Packers se vieron afectados. Rodgers regresó para el partido final. Su pase de touchdown de último minuto contra los Chicago Bears empujó a los Packers de regreso a las eliminatorias. Los San Francisco 49ers los noquearon en la ronda de comodines. Al año siguiente, Rodgers volvió a ganar el premio El jugador más valioso. El receptor novato Davante Adams pronto se convirtió en uno de los receptores favoritos de Rodgers. Se enfrentaron a Seattle en el partido de campeonato de la conferencia. Green Bay dominó la mayor parte del partido. Pero los Seahawks orquestaron una recuperación improbable. Surgieron del tiempo extra, con una victoria de 28–22.

En las eliminatorias de 2015, los Packers se fueron a tiempo extra otra vez. Esta vez, perdieron frente a Arizona, 26–20. En 2016, ganaron sus últimos seis partidos de la temporada. Avanzaron al partido de Campeonato de la NFC. Pero Atlanta logró con facilidad la victoria, 44–21. Green Bay empezó 2017 con cuatro victorias en sus primeros cinco partidos. Luego, Rodgers se fracturó la clavícula otra vez. Los Packers terminaron 7–9. Por primera vez en nueve años, quedaron fuera de las eliminatorias.

Aaron Rodgers, mariscal de campo

BRETT FAVRE
MARISCAL DE CAMPO
TEMPORADAS DE LOS PACKERS: 1992–2007
ALTURA: 6 PIES Y 2 PULGADAS (1,88 M)
PESO: 220 LIBRAS (100 KG)

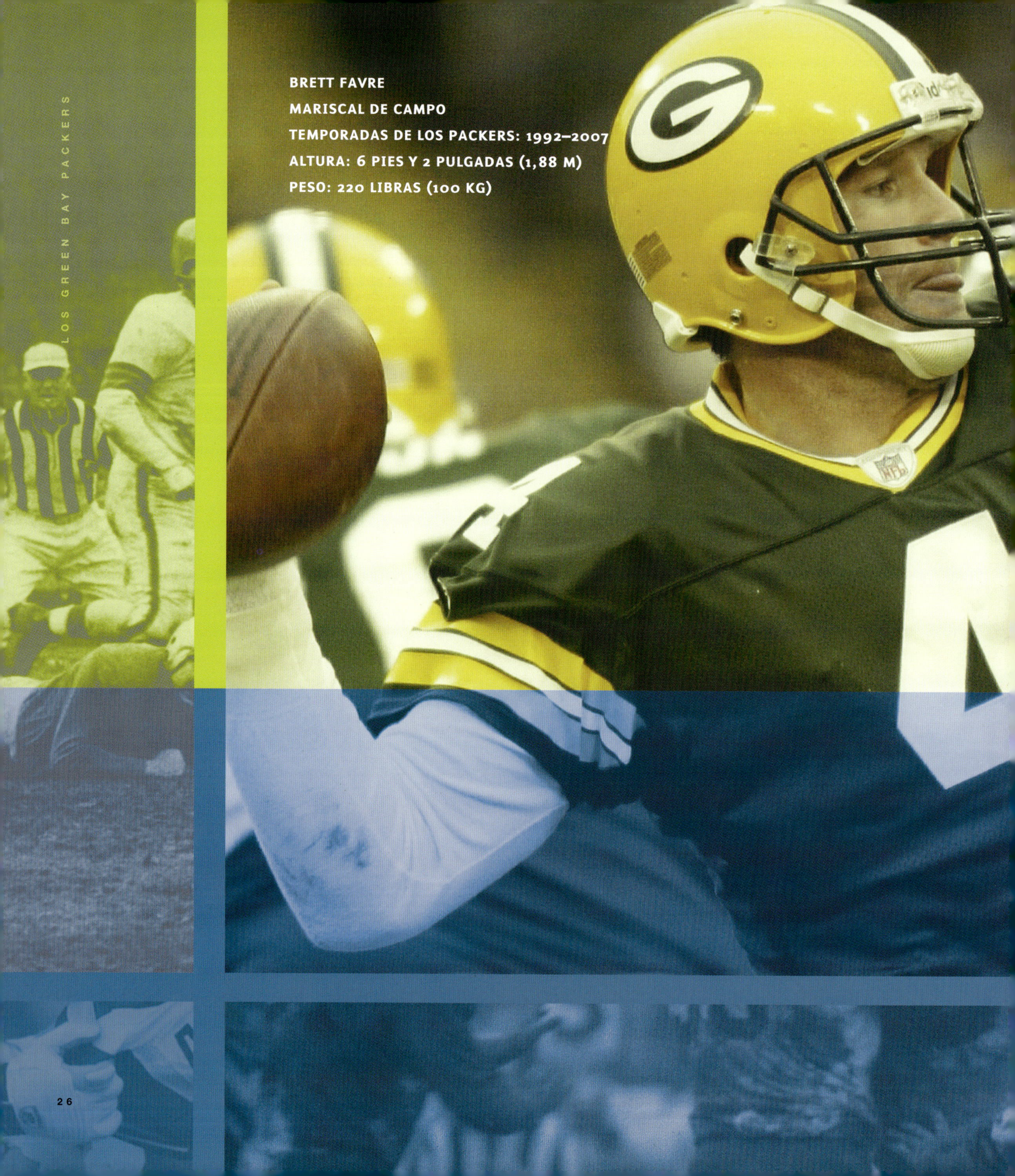

UNA RACHA DE ÉXITOS DE HIERRO

Brett Favre llevó la rudeza de la NFL a otro nivel. Durante su carrera de 20 años, jugó con cuatro equipos. Él inició 297 partidos consecutivos. Ese es un récord para mariscales de campo en la NFL. La racha empezó la cuarta semana de la temporada 1992. A lo largo de los años, una veintena de mariscales de campo suplentes estuvieron dispuestos a ocupar sus puestos. Favre sufrió lesiones menores (con frecuencia durante las 525 capturas récord que realizó). Pero nunca sufrió alguna lesión grave. Él explicó la racha de éxitos con su habitual modestia realista: "Probablemente hay algunos golpes de los que no debería haberme levantado, pero tal vez parte de ello es ser tan estúpido y no conocer nada mejor".

Davante Adams, receptor

La siguiente temporada no fue mejor. Los Packers lograron solo 6–9–1.

Las cosas cambiaron para Green Bay en 2019. Los Packers lograron 13–3 bajo el entrenador de primer año Matt LaFleur. Ganaron la NFC del Norte. Derrotaron a Seattle en la ronda de división. Pero los 49ers ganaron sin esfuerzo por 37–20 en el partido de Campeonato de la NFC.

La siguiente temporada fue prácticamente idéntica. Los Packers nuevamente tuvieron un resultado de 13–3. Y otra vez, ganaron la NFC del Norte. De nuevo, ganaron en la ronda de división, 32–18 contra Los Angeles Rams. Desafortunadamente, otra vez se quedaron cortos en el partido de Campeonato de la NFC. Los Tampa Bay Buccaneers lograron una ventaja de 18 puntos en el segundo tiempo y detuvieron una recuperación tardía de los Packers para ganarles, 31–26.

En 2021, los Packers ganaron 13 partidos nuevamente. Esta vez, fueron eliminados en la ronda de división. San Francisco pateó un gol de campo en la última jugada del partido para ganar, 13–10.

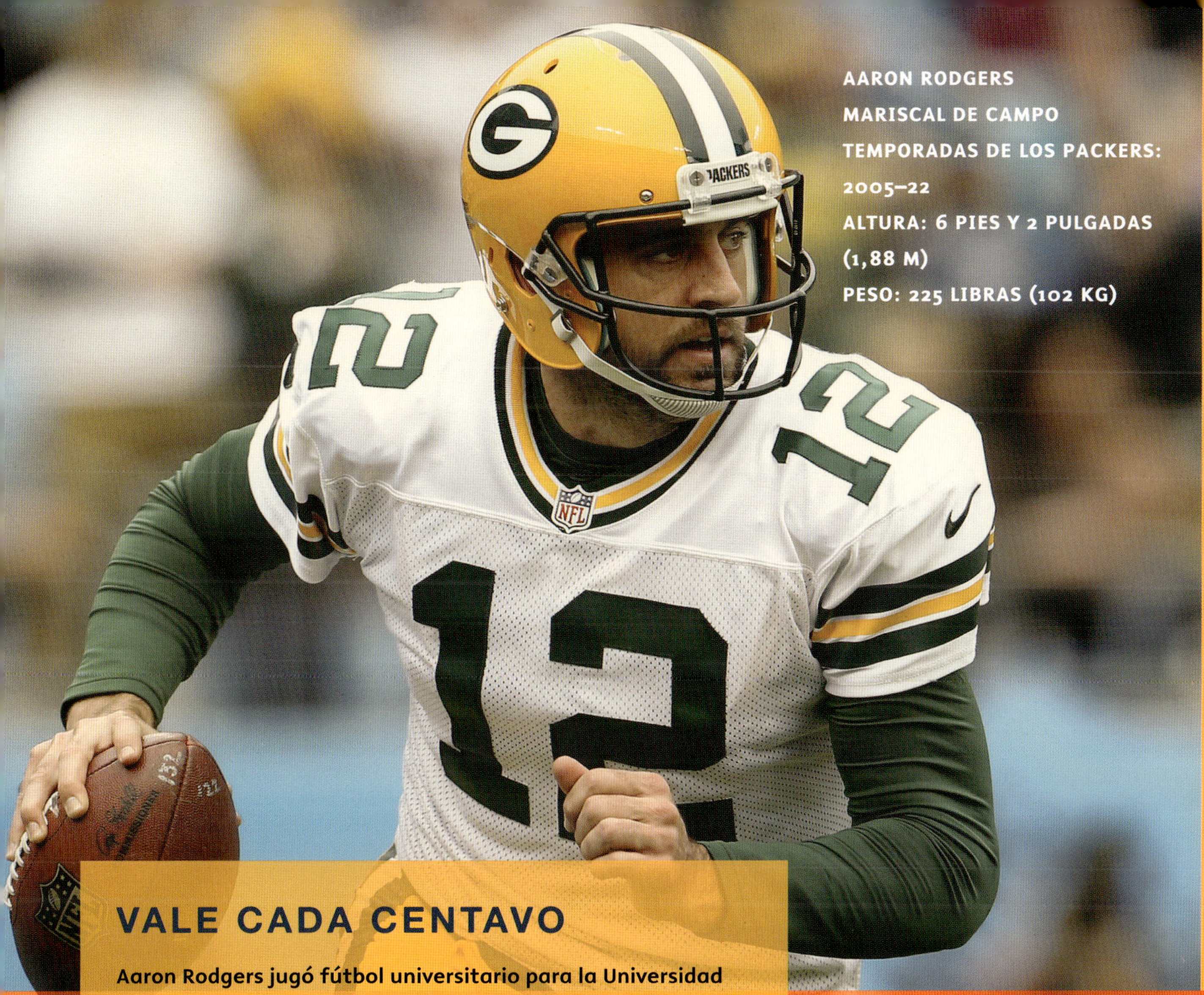

AARON RODGERS
MARISCAL DE CAMPO
TEMPORADAS DE LOS PACKERS: 2005–22
ALTURA: 6 PIES Y 2 PULGADAS (1,88 M)
PESO: 225 LIBRAS (102 KG)

VALE CADA CENTAVO

Aaron Rodgers jugó fútbol universitario para la Universidad de California. Fue finalista para el Trofeo Heisman en 2004. Muchos expertos pensaron que él sería una de las 10 mejores elecciones en el Draft NFL 2005. Permaneció allí hasta el 24.° reclutamiento. Entonces, los Packers lo reclutaron. Rodgers firmó un contrato de $7.700.000. por 5 años. Sus primeras tres temporadas, jugó solo en siete partidos. Lanzó un total de 59 pases. Esto es $130.000 por pase, en promedio. Favre dejó el equipo en 2008. Rodgers se convirtió en el iniciador. Esa temporada lanzó por 4.038 yardas y 28 touchdowns. Durante las siguientes 14 temporadas, Rodgers fue nombrado El jugador más valioso, cuatro veces. Se lo considera uno de los mejores mariscales de campo que jamás haya habido en la NFL.

Aaron Jones, corredor

Hacia finales de la temporada 2022, los Packers tenían solo 4–8. Luego, ganaron cuatro seguidos. Una victoria sobre Detroit en el partido final los llevaría a las eliminatorias. Los Lions los esquivaron y ganaron, 20–16.

Rodgers llevaba un tiempo insatisfecho con la administración del equipo. Los Packers lo intercambiaron con los Jets antes de la temporada 2023. Jordan Love lo sustituyó como mariscal de campo. Green Bay comenzó la temporada con una marca de solo 3-6. Love mejoró su juego. Llegaron a 6-2 el resto de la temporada para terminar 9-8 y ganar el séptimo puesto de la NFC. Los Packers derrotaron a los Cowboys 48-32 en la ronda de comodines. Ganaban 21-17 a los 49ers al final de la ronda divisional. Pero un touchdown de San Francisco a menos de dos minutos del final, luego de un gol de campo fallido de Green Bay, les dio una victoria por 24-21.

Durante su larga historia, los Green Bay Packers han demostrado que pueden mantenerse firmes frente a las grandes ciudades de la liga. Sus 13 campeonatos de la NFL son cuatro más que los subcampeones Chicago Bears. Mientras los Packers traten de seguir llevando más campeonatos a Titletown, los aficionados seguirán abarrotando los puestos de su histórico estadio para animarlos con sus vítores.

Jaire Alexander, esquinero

ÍNDICE

Adams, Davante, 24
Adderley, Herb, 17
All-Pro, 10
Anderson, Donny, 11
Bowman, Ken, 11
Campeonatos de la NFL, 14, 17, 18, 31
Campeonatos del Super Bowl, 10, 18, 21, 24, 31
Dale, Carroll, 18
Dowler, Boyd, 8
Draft de la NFL, 20, 29
El jugador más valioso, 20, 21, 24, 29
eliminatorias, 8, 11, 14, 17, 18, 21, 23, 24, 28
Super Bowl, 18, 21, 23, 24
Entrenador del Año, 17
Favre, Brett, 21, 23, 27, 29
Gregg, Forrest, 17
Harris, Al, 23
Holmgren, Mike, 21, 23
Hornung, Paul, 17, 18, 20
Howard, Desmond, 21
Hutson, Don, 14, 16
"Ice Bowl", 8, 10, 11, 13, 18
Jordan, Henry, 11
Kramer, Jerry, 10, 11
LaFleur, Matt, 28
Lambeau Field, 18, 23
Lambeau, Earl "Curly," 13, 14, 18
Lombardi, Vince, 17, 18, 20, 21
Love, Jordan, 31
McCarthy, Mike, 23
McGee, Max, 18
McNally, Johnny "Blood", 13
Nitschke, Ray, 17
nombre del equipo, 13
Rodgers, Aaron, 23, 24, 28, 29, 31
Salón de la Fama, 13, 17, 20
Sharpe, Sterling, 21
Starr, Bart, 8, 11, 17, 18
Taylor, Jim, 17, 18, 20
White, Reggie, 21
Wood, Willie, 17